la courte échelle

Les éditions de la courte échelle inc.

Alain Ulysse Tremblay

Alain Ulysse Tremblay a exercé mille métiers. Il a entre autres été travailleur de rue pendant quelques années et il a collaboré au journal *L'itinéraire*, comme journaliste. Il enseigne présentement les communications à l'Université du Québec à Montréal.

Alain Ulysse Tremblay a toujours aimé raconter des histoires. C'est pourquoi il adore son travail d'écrivain. À la courte échelle, en plus d'écrire pour les jeunes, il est l'auteur d'un roman pour les adultes. La revue *Stop* a publié deux de ses nouvelles, dont l'une a remporté une mention spéciale. De plus, depuis plusieurs années, il adapte et crée des pièces de théâtre et des comédies musicales pour une troupe de théâtre d'étudiants. Alain Ulysse Tremblay est également artiste peintre, et il a déjà enseigné le dessin et la peinture dans la région de Charlevoix où il est né.

Céline Malépart

Céline Malépart a toujours été passionnée par le dessin et les couleurs. Elle a étudié les arts graphiques et l'illustration à l'Université Concordia. Depuis, elle travaille comme illustratrice pour des maisons d'édition et des magazines au Canada et aux États-Unis. Céline a deux enfants qui dessinent tout le temps et trois chats qui miaulent tout le temps. Elle adore les mangues et les mûres, les sushis, le riz et les spaghettis. *Le livre de Jog* est le deuxième roman qu'elle illustre à la courte échelle.

Du même auteur, à la courte échelle

Collection Roman Jeunesse
Mon père est un Jupi
Le livre de Jog

Alain Ulysse Tremblay

LE LIVRE
DE JOG

Illustrations
de Céline Malépart

la courte échelle

Les éditions de la courte échelle inc.

Les éditions de la courte échelle inc.
5243, boul. Saint-Laurent
Montréal (Québec) H2T 1S4

Conception graphique de la couverture:
Elastik

Conception graphique de l'intérieur:
Derome design inc.

Mise en pages:
Mardigrafe inc.

Révision des textes:
Sophie Sainte-Marie

Dépôt légal, 3e trimestre 2002
Bibliothèque nationale du Québec

La courte échelle reconnaît l'aide financière du gouvernement du
Canada par l'entremise du Programme d'aide au développement de
l'industrie de l'édition pour ses activités d'édition. La courte échelle
est aussi inscrite au programme de subvention globale du Conseil
des Arts du Canada et reçoit l'appui du gouvernement du Québec
par l'intermédiaire de la SODEC.

La courte échelle bénéficie également du Programme de crédit d'impôt
pour l'édition de livres — Gestion SODEC — du gouvernement
du Québec.

Données de catalogage avant publication (Canada)

Tremblay, Alain Ulysse

 Le livre de Jog

 (Roman Jeunesse; RJ116)

 ISBN: 2-89021-590-3

 I. Malépart, Céline. II. Titre. III. Collection.

PS8589.R393L58 2002   jC843'.54   C2002-940941-1
PS9589.R393L58 2002
PZ23.T73Li 2002

Aux miens, avec amour

Introduction

Je dois protéger et servir les membres de ma meute. Je vis dans cette meute depuis toujours. Je suis Jog, le meilleur des chiens. Bon chasseur, bon gardien, doux avec les deux enfants, Jonas et Jonathan, obéissant aux ordres du Maître et soumis aux soins de maman.

Nous habitions une grande niche. La vie était calme. J'aimais les miens de tout mon être et ils me le rendaient bien. Puis il y a eu cette catastrophe. Après, plus rien n'a été pareil. Beaucoup de tristesse est apparue chez les survivants de la meute.

Je devais les protéger et les servir. Je l'ai fait du mieux que je pouvais. Mais il y a eu des ennemis et des dangers plus importants que je n'ai pas su voir venir.

Même si j'ai fait de mon mieux, ce n'était pas suffisant. Maintenant, plus rien n'est comme avant. Et je continue à faire de mon mieux, à les protéger et à les aimer.

Je suis Jog, le meilleur des chiens, fidèle aux miens et prêt à donner dix fois ma vie pour eux. Si seulement je pouvais revenir en arrière, je ne laisserais jamais les étrangers puants s'approcher de mon Maître. Je les mordrais jusqu'à ce qu'ils partent en courant.

J'essaie parfois de raconter à Jonas ce que j'ai vu et entendu. Je ne sais pas s'il comprend. À certains moments, je suis sûr que oui. À d'autres, j'en doute parce qu'il semble absent, même s'il me flatte la tête. Mais je le lui raconte malgré tout. Jonas veut savoir.

Et je suis Jog, le meilleur des chiens, bon serviteur.

Chapitre I

Avant, je ne sais pas où j'étais.

D'aussi loin que je me souvienne, j'ai toujours été là, avec le Maître, maman et les deux garçons. Je suis le dernier-né de la meute. Le Maître m'a nommé Jog.

J'étais bien dans notre grande niche. Je dormais sur mon coussin. Maman me nourrissait à heure fixe. Les garçons jouaient beaucoup avec moi. Et le Maître était un bon maître, surtout quand il n'était pas fâché contre moi. Parfois, je faisais des bêtises.

La première fois que j'ai vu mon Maître, j'ai eu peur. C'était un géant. Sa voix était effrayante. Et puis quand je l'ai connu un peu mieux, j'ai compris que c'était un bon maître. Il jouait lui aussi avec moi. Il me refilait de la nourriture humaine de temps en temps. J'avais juste à ne pas faire trop de bêtises et tout allait bien pour moi.

Évidemment, à l'occasion, je faisais des choses, sauf que je ne savais pas encore que c'étaient des bêtises. Alors mon Maître se fâchait. Sa voix devenait plus forte que le tonnerre.

— Jog! grondait-il. Tu es un vilain chien! Va tout de suite te coucher!

J'étais mieux d'obéir, sinon j'étais bon pour une tape sur les fesses. Ça me rappelle la fois où, un matin, j'avais chipé la tartine de Jonathan dans son bol. Après, je me suis cru plus malin et j'ai attendu d'être seul avec la tartine avant de la dérober. Mais je ne sais pas comment, mon Maître s'en apercevait toujours.

Je pense qu'il avait un don pour deviner les choses. Ou bien qu'il me voyait même quand il n'était pas là…

Chapitre II

Je menais une vie de chien des plus normales.

Comme tous ceux de mon espèce, j'avais du flair pour détecter les intrus. Je protégeais notre territoire avec vigilance. Les écureuils, les oiseaux et les autres ennemis étaient interdits de séjour dans mon entourage. Une question de sécurité.

Chaque membre de la meute avait sa routine. Les enfants partaient le matin pour la chasse, un sac sur le dos, et ils ne revenaient qu'en fin de journée. Ils disaient aller à l'école. Moi, j'imaginais que l'école était un grand territoire de chasse. J'aurais aimé qu'ils m'emmènent avec eux.

Maman aussi partait chasser tous les matins. Elle affirmait se rendre à l'hôpital.

Elle ramenait avec elle d'étranges odeurs qui me piquaient parfois le nez. Alors je n'avais pas tellement envie d'aller voir ce qu'elle chassait dans son hôpital.

Quant au Maître, il quittait souvent la niche pour de longues périodes. Cela m'inquiétait un peu, mais il finissait toujours par revenir. Sinon mon Maître chassait au sous-sol de notre niche.

Je menais une vie de chien des plus normales, jusqu'à ce qu'un ennemi imprévu vienne semer le désordre autour de nous.

Chapitre III

Jonathan et Jonas m'emmenaient souvent à la chasse.

J'aimais ça plus que tout au monde, la chasse. Et je n'ai jamais compris pourquoi ils ne m'emmenaient pas toujours avec eux. J'étais pourtant un bon chien et un bon chasseur. Maintenant, je suis trop vieux. Je cours moins vite qu'avant. Alors je garde plus que je ne chasse.

— Bon chien, Jog! disaient les garçons en me caressant. Tu es un bon chasseur!

Quand j'allais à la chasse avec maman, elle aussi trouvait que j'étais un bon chien. Par contre, je sentais bien qu'elle avait un peu peur du gibier que je lui rapportais. Je pense que maman n'aimait pas tellement chasser. Malgré tout, quand elle

partait seule, elle revenait parfois avec des sacs pleins de gibier.

C'était à n'y rien comprendre.

Le Maître aussi m'emmenait à la chasse, mais ça n'avait rien à voir avec les territoires qu'exploraient habituellement maman et les garçons. Le Maître m'emmenait alors dans d'immenses forêts aux odeurs inquiétantes. À l'occasion, je m'éloignais, je livrais combat contre un gibier, et il arrivait que je ramasse des blessures.

Le Maître me conduisait ensuite chez cet homme, celui qu'ils appellent le Vétérinaire et dont j'ai une frousse inimaginable. Chaque fois que j'allais dans sa niche, il se produisait quelque chose que je n'aimais pas. Le Vétérinaire coupait mes griffes, me faisait des piqûres, fouillait dans mes oreilles, voulait voir mes dents, et ainsi de suite.

Le Vétérinaire, c'était le maître des Méchants.

Chapitre IV

Même avec le Maître à mes côtés, j'étais plutôt froussard quand venait le temps de descendre au sous-sol. C'est que mon Maître avait plein de choses inquiétantes en bas, sur son territoire de chasse. Et ces choses produisaient toutes sortes de sons, ou encore se mettaient à parler toutes seules. Tout ça me rendait nerveux.

— Voici mon laboratoire, Jog, avait dit mon Maître la première fois. C'est ici que je réfléchis et que j'essaie mes idées avec des ordinateurs… Tu ne comprends rien à ce que je t'explique, n'est-ce pas?

Je ne comprenais pas, c'est bien vrai, mais je devais écouter mon Maître.

Par ailleurs, j'allais au sous-sol seulement s'il insistait. Et il insistait parfois si bien que je n'avais guère le choix. Alors je trouvais un coin sous une des tables, à l'abri des machines bruyantes. J'attendais sagement que mon Maître en ait assez pour remonter avec lui au rez-de-chaussée.

— Écoute, Jog, m'avait-il dit une autre fois.

J'ai tendu l'oreille et relevé le museau.

— Nous en savons très peu sur l'Univers. Personnellement, je ne crois pas qu'il soit uniforme et qu'il soit semblable

partout. Prétendre cela, ce serait aussi absurde que d'affirmer que la Terre est plate.

J'étais souvent témoin des discours du Maître. Aujourd'hui, j'espère seulement qu'il ne croyait pas que je le comprenais. Je faisais quand même de gros efforts. Je lui accordais toute mon attention.

— Et puis tu sais, Jog, continuait-il, il y a des trous dans l'Univers. On appelle ça la matière manquante, la matière noire. Certains parlent de trous noirs qui avalent l'énergie de l'Univers. Et de cet Univers,

nous ne pouvons voir que la matière lumineuse, tu comprends? Alors où se trouve donc la matière noire? Le sais-tu, mon chien?

Mon Maître avait-il l'intention de faire de moi un chien savant? Je ne sais pas. Malgré tout, je n'étais vraiment pas à l'aise lorsqu'il insistait pour que je le suive au sous-sol. Je préférais rester au rez-de-chaussée, histoire de surveiller notre niche.

C'était beaucoup de travail. Il y avait une porte en avant, une autre sur le balcon, et une derrière, dans la cuisine. De plus, l'été, les fenêtres étaient ouvertes. Il me fallait chasser les mouches, car c'était dans mon contrat. Le Maître me l'avait ordonné:

— Jog! Une mouche! Chasse, c'est dans ton contrat! Allez, Jog, chasse, mon chien!

— Julien, arrête de tracasser ce pauvre Jog, avait répliqué maman. Tu ne penses pas que son contrat est déjà assez chargé comme ça?

Moi, je ne savais pas ce qu'était un contrat et j'ai chassé la mouche. Tant qu'elle volait trop haut dans le salon, je ne pouvais rien faire, mais dès qu'elle se posait quelque part, je lui sautais dessus.

Mes premières mouches, je les ai chassées de la même manière que les oiseaux et les écureuils. Approche rapide directe, feinte latérale, brisure des vertèbres du cou avec les dents, et pas une goutte de sang.

Si ça fonctionnait bien avec les oiseaux et les écureuils, c'était moins évident avec les mouches. Pour l'approche rapide directe, pas de problème. Pour la feinte latérale non plus. Sauf que pour lui briser les vertèbres du cou, je me retrouvais toujours avec la mouche en entier dans ma bouche.

Le coeur me levait parce que les mouches ne goûtent pas très bon, pour ne pas dire qu'elles sont franchement mauvaises. Je devais donc la relâcher. Si la mouche tombait par terre, je la finissais à coups de patte. Si elle s'envolait, je reprenais la chasse.

C'était dans mon contrat, et j'étais un bon chien. Et puis j'aimais mieux chasser les mouches qu'écouter le Maître décortiquer son Univers.

Si on les compare à l'Univers, je pense que les mouches sont plus à la portée des chiens. J'ai déjà vu plein de mouches, et j'en ai éliminé un bon nombre aussi, mais je n'ai encore jamais vu d'univers…

Chapitre V

J'aimais beaucoup les amis des garçons, surtout le meilleur ami de Jonas, Timmy, qui sentait toujours bon. Pour avoir la meilleure part de nourriture humaine, je devais me coucher à côté de Jonas et de Timmy. Ces deux-là échappaient constamment des bouts de leur repas.

— Faites attention quand vous mangez, les garçons, leur disait maman. Vous allez rendre Jog malade. Ce n'est pas de la nourriture pour lui.

Maman les réprimandait, c'est vrai, et ils se tenaient tranquilles pour deux minutes. Après, la nourriture et les miettes se remettaient à tomber du ciel, pour mon plus grand plaisir.

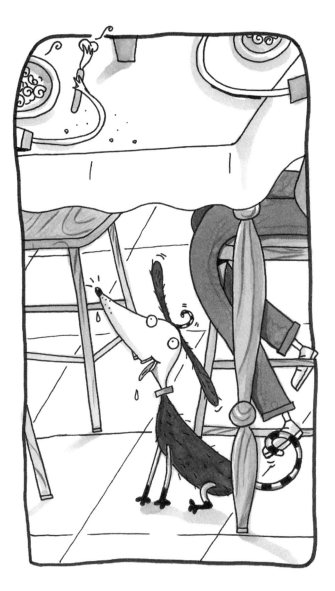

Parfois, maman m'attirait dans la cuisine:

— Jog! Viens!

J'accourais, bien sûr. Ma chère maman me cassait un oeuf sur le plancher, sans doute pour me récompenser de quelque chose, même si je ne savais pas de quoi. Et puisque je raffolais des oeufs, je n'allais pas lui dire qu'elle se trompait.

Le Maître, lui, c'était quand il tranchait les miches de pain que j'étais content. Il plaçait toujours les miettes dans mon bol.

À l'heure des repas, le Maître rassemblait toute sa meute autour de lui. Il nous parlait en servant de la nourriture dans nos bols respectifs. Il racontait de drôles d'histoires aux enfants. Il y était question de petits crocodiles martiens, de guêpes à tête chercheuse d'Uranus, et d'autres bizarreries du même genre.

Comme je finissais inévitablement mon bol le premier, j'allais me cacher sous la table pour profiter de la pluie de miettes qui en tombait. Les autres mettaient beaucoup plus de temps que moi à terminer leurs bols.

— Écoutez, tout le monde, nous a un jour annoncé mon Maître. Mes recherches vont bon train. C'est-à-dire que je devrai m'absenter de plus en plus souvent. Je dois donner plusieurs conférences…

— Pourquoi, papa? l'a interrompu Jonas en croquant dans un morceau de gibier croustillant et odoriférant.

— Pour parler de la matière manquante de l'Univers. Ces conférences sont cruciales pour obtenir les subventions.

— Est-ce que quelqu'un a volé de la matière dans l'Univers? a encore demandé Jonas.

— Pas volé, Jonas, mais caché. Et je pense savoir où la trouver, cette matière manquante.

Je suis sorti de ma cachette comme si l'Univers, c'était moi:

— Parlons des mouches. J'aimerais mieux qu'on parle des mouches, moi…

— Tranquille, Jog, m'a signifié le Maître. Tu ne vois pas qu'on discute, ici?

Bien sûr que je le voyais!

Mais je trouvais plus intéressant de parler des mouches qu'on connaît bien, plutôt que d'un Univers qu'on ne connaît pas. En plus, on ne sait même pas où il se trouve.

Je suis donc retourné sous la table, et je me suis couché aux pieds de Jonas. Je les ai laissés se débrouiller tout seuls avec leur sale Univers.

Qu'est-ce qu'il nous voulait, celui-là?

Chapitre VI

Parfois, le Maître nous conduisait chez tante Alice, à la campagne. Là, tout le monde mangeait du gibier déjà chassé. Ça sentait tellement bon, le gibier, quand tante Alice, ou le Maître, le cuisait sur la braise.

D'habitude, quand j'avais réussi à chaparder un bout de gibier cuit dans un bol, j'allais ensuite chasser un peu de gibier frais.

En fait, j'avais la frousse de m'aventurer seul dans la forêt. Je revenais donc rapidement sans gibier. J'allais alors me coucher aux pieds du Maître, qui poursuivait ses discours sur l'Univers.

— Mais Julien, est intervenue tante Alice, qu'est-ce qui va arriver si tu réussis

à recréer un trou noir en laboratoire? N'y a-t-il pas de danger?

— Un trou noir, comme je te l'ai expliqué, se forme dans l'Univers lorsqu'il y a beaucoup de matière concentrée au même endroit. Oui, il y a un danger. Si on crée un trou noir en laboratoire, il est possible qu'il avale notre Univers pour se nourrir.

— Et si ça se produit, papa? a questionné Jonas.

— Nous allons tous nous fondre en un seul point, a-t-il répondu en riant.

Je ne trouvais pas ça drôle, moi. Alors je suis allé m'asseoir près de Jonathan, au bord du lac. Il lançait des pierres dans l'eau. Elles rebondissaient trois ou quatre fois avant de couler.

— Dis, Jonathan, lui ai-je demandé, pourquoi notre Maître ne reste-t-il pas

tranquille au lieu de chercher à se faire des ennemis?

— Ah! reste tranquille, Jog! Tu ne vois pas que je réfléchis?

Justement…

Chapitre VII

Des étrangers rendaient parfois visite au Maître sur son territoire de chasse.

Je ne les aimais pas beaucoup. Ils sentaient mauvais. Je ne saurais expliquer pourquoi, mais j'étais convaincu qu'ils étaient de vrais étrangers. Je les sentais venir avant qu'ils sonnent à la porte, et je me mettais à japper.

— Du calme, Jog, me signifiait alors mon Maître. Ce sont des invités.

J'obéissais, sauf que je n'étais pas rassuré tout le temps qu'ils étaient là. Il arrivait souvent, lors de leurs visites, que les murs de notre niche se mettent à vibrer. Je n'aimais vraiment pas ça. J'avais peur que tout nous tombe sur la tête. Pourtant, j'étais bien trop froussard pour descendre au sous-sol afin de voir ce qui se passait.

Un jour, Jonas était resté à la maison parce qu'il était tout chaud. Quand les humains sont trop chauds et qu'ils ne sont pas assez en forme pour la chasse, ils restent dans la niche.

Jonas était couché sur le gros coussin. Il regardait la boîte qui bouge quand les étrangers ont sonné à la porte. Je savais à l'odeur que c'étaient eux. Et mon devoir était de protéger Jonas. Alors qu'il tentait de se lever pour aller répondre, je lui ai sauté dessus:

— Non, Jonas! Ne bouge pas! Ce sont les étrangers et ils sentent mauvais.

Il ne m'a pas écouté.

Heureusement, le Maître a ouvert avant que Jonas se rende à la porte. Heureusement, parce que, cette fois, j'aurais mordu les étrangers pour de vrai. Quand il s'agissait de défendre Jonas et Jonathan, je me plaçais toujours devant eux, et gare à ceux qui leur voulaient du mal!

Mais Jonas était un garçon curieux. Il voulait savoir. Alors il m'a dit:

— Viens, Jog. Va dehors.

J'ai bien essayé de protester, il n'y avait rien à faire. Jonas m'a mis dehors. J'étais inquiet. Les miens étaient seuls dans notre niche avec ces étrangers puants et je ne pouvais pas les protéger. Je me suis remis à japper:

— Jonas, ouvre-moi la porte, Jonas! Je veux juste te protéger! Jonas! Ouvre-moi la porte, s'il te plaît!

Soudain, j'ai entendu les drôles de bruits. J'ai senti la vibration sous mes trois pattes. Alors je me suis mis à frapper de plus belle à la porte, et Jonas a fini par m'ouvrir.

Il était blême. J'ai voulu descendre au sous-sol pour vérifier si le Maître allait bien, mais Jonas m'a entraîné sur le gros coussin, devant la boîte qui bouge.

— Reste là, Jog, m'a-t-il ordonné. Papa s'occupe de tout. On n'a rien à craindre, toi et moi, tant qu'on reste là.

Peu après, les étrangers sont remontés avec le Maître. Il leur a serré la patte et ils sont partis. J'étais très content, et j'ai dit à Jonas:

— Bon débarras! Ils sentent trop mauvais pour être honnêtes, ceux-là!

Jonas ne m'écoutait pas. Il regardait fixement la boîte qui bouge en me serrant par le cou. Alors j'en ai profité pour lui lécher la figure.

Il goûtait si bon.

Chapitre VIII

Un jour, toute la meute et moi, nous sommes partis en safari. Il a fallu des jours et des jours de voyage pour nous rendre sur ce territoire de chasse. Toutefois, cela en valait la peine.

C'était un beau territoire, avec beaucoup d'eau au drôle de goût, de sable et de vent aux odeurs délirantes. Même le gibier était étrange. Il y avait un peu de gibier habituel, celui qui court entre les herbes hautes et qui est facile à attraper. Mais il y avait d'autres bestioles qui se cachaient dans l'eau et qui étaient difficiles à chasser.

Certaines de ces bestioles savaient très bien se défendre, comme la première que j'avais approchée. Elle gisait sur la plage, fraîchement rejetée par la vague. Je l'ai vue tout de suite.

Alors je suis allé faire connaissance, histoire de me lier d'amitié, parce que je ne savais pas encore que c'était un gibier. Mais ce gibier m'a donné un vilain coup de patte sur le nez. Il a sorti des ciseaux de je ne sais où et il a essayé de me taillader. Heureusement, il ne m'a pas touché. J'étais très agile quand j'étais jeune, même avec trois pattes seulement.

Mon Maître est venu me rejoindre quand il m'a entendu engueuler ce malotru, à qui je disais:

— Prends garde, espèce de traître! Je vais te manger si tu déposes un instant tes ciseaux!

Les garçons ont couru derrière le Maître. Lui, il s'est penché sur le traître et l'a pris dans ses mains. J'ai voulu l'avertir que c'était un fourbe:

— Méfie-toi, mon Maître! Il a des ciseaux. Il peut te couper.

— C'est un crabe, a expliqué le Maître en le montrant aux enfants. C'est bien, Jog, bon chien. Tu as attrapé un crabe.

L'autre se débattait entre les mains du Maître, mais il ne savait pas à qui il avait

affaire. Le Maître a ramassé des bouts de
bois et il a bloqué les ciseaux de la bestiole.

— Savez-vous d'où viennent les crabes,
les enfants? a demandé le Maître.

— Sans doute des océans de Neptune, a répondu Jonathan sur un drôle de ton.

— Exactement! Et ils sont arrivés ici après que leurs savants eurent inventé la téléportation.

— C'est vrai, papa? a douté Jonas.

— Bien sûr. Depuis ce temps, ils sont coincés sur Terre parce que leur téléporteur est cassé.

— Oui, oui! a conclu Jonathan.

Nous avons ramené notre prisonnier à la petite niche. Je marchais devant la meute, très fier de moi. Je pensais que nous aurions dû l'achever, cette bestiole, pour éviter qu'elle se sauve dès que nous aurions le dos tourné.

Le Maître l'a placée dans une boîte. J'ai continué à la surveiller, juste au cas où elle aurait eu des idées. La boîte était assez haute pour l'empêcher de s'enfuir, mais mieux valait être prudent.

Le soir même, le Maître est revenu chercher la bestiole. Il l'a plongée dans un bol d'eau bouillante. Quelques minutes plus tard, il la ressortait, la découpait et la partageait avec chacun d'entre nous. La bestiole goûtait tellement bon que je me suis alors promis d'en chasser tous les jours.

— Jonas, connais-tu l'histoire du déclin de l'empire des crevettes intersidérales? a demandé le Maître.

Comme Jonas ne la connaissait pas, le Maître a raconté cette histoire en plongeant d'autres bestioles de mer dans l'eau bouillante.

Il n'y avait pas que les crabes qui se cachaient dans l'eau. Le reste de cette expédition, j'ai été très occupé à me battre avec ceux que les garçons appelaient les poissons.

Ce safari en meute a duré des mois entiers. C'était la première fois que nous partions aussi longtemps et aussi loin de notre niche. C'était le plus beau safari du monde, avec les miens autour de moi, des bestioles à chasser et à manger, et plein de choses à découvrir, tant dans les herbes hautes que dans la mer.

C'était le premier et le dernier safari du genre. Après, le Maître est parti. Il n'est jamais revenu, pour mon plus grand désespoir et, je le ressentais cruellement, pour celui de toute la meute.

Chapitre IX

Depuis quelque temps, le Maître quittait de plus en plus souvent la niche. Il disparaissait pendant des semaines. Et il réapparaissait tout d'un coup, alors qu'on ne l'attendait plus.

Tout le monde était fou de joie de le revoir. Les garçons lui sautaient dessus. Maman l'embrassait dans le cou en lui jouant dans le poil du crâne. Et moi, je sautais autour d'eux en disant:

— J'en veux un bout! Laissez-moi un bout du Maître! Je veux un bout de mon Maître!

Après une certaine période de bonheur durant laquelle je chassais en forêt à ses côtés, le Maître s'éloignait à nouveau de sa niche et de sa meute.

— Mais pourquoi toutes ces conférences? tempêtait Jonas. Et pourquoi toujours à New York?

— Parce que c'est important, Jonas, lui avait répondu maman. C'est son travail.

— Et si la reine Chnoupette Aspring en profitait pour bombarder New York une fois de plus? s'inquiétait Jonas.

— Ce n'est qu'une histoire, Jonas, l'a rassuré maman en riant. Une autre des his-

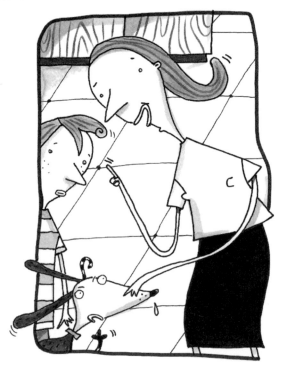

toires sans queue ni tête de ton père. Ne t'inquiète pas. Il est peu probable que la reine Chnoupette Aspring débarque à New York avec son armée.

— Vous avez tout faux, ai-je protesté. Le Maître est parti à la chasse à l'Univers. Quand il l'aura trouvé, on en mangera un morceau ensemble.

— Tranquille, Jog, m'a alors ordonné maman en me flattant le museau. Ce n'est pas encore l'heure de manger.

Moi, j'avais hâte que mon Maître capture cet animal d'Univers. J'espérais seulement qu'il goûte aussi bon qu'il était difficile à débusquer.

Chapitre X

Dans la niche d'hiver où mon Maître avait installé la meute cette année-là, un feu brûlait en permanence dans le mur. C'était idéal pour se sécher après avoir joué dans la neige avec les garçons.

Parfois, je passais mon tour et je les laissais sortir seuls avec maman. Je restais là, couché devant le feu, à observer le Maître qui lisait, assis sur son coussin.

Il lisait beaucoup, mon Maître, il lisait tout le temps. Cela devait être très intéressant, ou encore très important. Comme toujours, quand nous étions seuls, il me racontait ce qu'il lisait. Je l'écoutais en agitant la queue, même si je ne comprenais rien.

— Une équation, Jog, m'avait-il dit une fois, sais-tu ce que c'est?

Je n'en avais pas la moindre idée.

— Une équation, c'est un résumé. Avec une équation, on peut résumer l'Univers. Sur papier, ça vaut ce que ça vaut. Tant qu'on ne l'applique pas réellement, cette équation ne vaut rien. Il va falloir bientôt passer à l'action, si personne ne se décide…

— Amène-le-moi, ton Univers, mon Maître! ai-je grommelé entre les dents. Je le surveillerai pour toi et il ne se sauvera plus jamais.

— Je t'ai déjà parlé de la matière manquante de l'Univers, Jog, de la matière noire. Eh bien, mon chien, sais-tu que cette matière noire représente sans doute la plus grande partie de l'Univers?

J'ai changé de position parce que le feu de mur commençait à me rôtir sérieusement la couenne, puis j'ai ajouté:

— Le noir, ça se mange, j'en ai mangé à quelques reprises.

— Il y a la matière noire, et il y a la matière lumineuse. On peut voir la matière lumineuse, mais pas la noire. Par contre, je sais maintenant où la trouver, cette matière manquante…

Nous avons passé quelques semaines dans cette niche d'hiver qui sentait toujours

la bonne nourriture humaine. Le soir, j'étais tellement épuisé d'avoir couru partout avec Jonathan et Jonas que je m'endormais avec eux devant le feu de mur.

Le Maître restait parfois debout alors que tout le monde était couché. Il ajoutait une bûche dans le feu et la regardait brûler.

Un soir, j'ai entrouvert un oeil parce que le Maître parlait tout seul. Je suis donc venu le rejoindre pour lui tenir compagnie.

— Tu sais, Jog, m'a-t-il dit en me flattant la tête, je vais devoir agir bientôt. Les autres ont peur. Moi aussi, j'ai peur. Mais si personne n'essaie, nous raterons peut-être quelque chose, tu comprends?

Je me suis étendu sur ses jambes pour lui montrer que je ne comprenais rien. L'Univers, la matière manquante, toutes ces théories… Puis je me suis endormi avec lui sur le gros coussin, devant le feu de mur qui craquait et qui pétillait.

Lorsque nous sommes revenus à notre grande niche, j'ai eu une drôle d'impression, comme si quelque chose avait changé. J'ai donc exploré tous les étages, au cas où un gibier quelconque aurait eu l'idée de se l'approprier durant notre absence. Je n'ai rien trouvé, même au sous-sol où j'étais descendu avec beaucoup de prudence et d'appréhension.

Cette impression étrange a persisté et je suis allé quêter la protection de mon Maître. Je me suis collé contre lui et je lui ai demandé:

— Explique-moi ce qui se passe, mon Maître, toi qui sens toujours tout.

— Du calme, Jog. Je dois regarder les nouvelles, c'est important.

Sans doute voulait-il me dire de ne pas m'inquiéter, que tout allait bien.

Alors pourquoi est-il parti pour ne plus jamais revenir? J'avais vaguement l'impression que c'était cela qu'il avait essayé de m'expliquer, lors de notre dernière soirée à la niche d'hiver.

J'aurais peut-être dû porter plus attention à ce qu'il racontait.

Chapitre XI

Depuis le départ du Maître, j'avais pris l'habitude de l'attendre tous les jours… Et je l'attends encore aujourd'hui, même si j'ai un peu perdu espoir après toutes ces années.

Je sentais bien la tristesse des membres de la meute. J'essayais à ma façon de les consoler, mais j'étais aussi triste et inquiet qu'eux. J'allais voir les garçons et je leur proposais:

— Si on chassait un peu pour se changer les idées?

— Non, Jog, me répondait Jonathan. Laisse-moi tranquille.

Et Jonathan s'enfermait dans son coin. Il lisait des livres, lui aussi, comme le Maître.

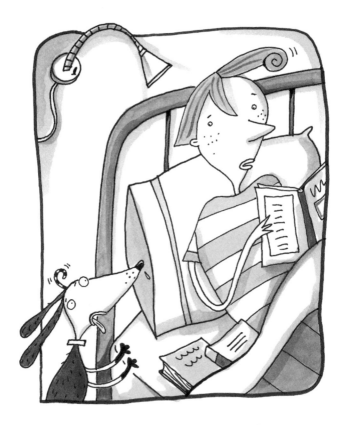

— Si on allait chasser, Jonas?

— Non, Jog, me répondait-il. Je dois faire mes devoirs.

Et Jonas s'enfermait dans sa chambre. Il lisait des livres, lui aussi, comme le Maître.

— Maman, maman, disais-je alors à maman en tournant autour d'elle. Si on allait chasser un peu, même si je sais que tu n'aimes pas ça, rien que pour nous changer les idées?

— Non, Jog, me répondait-elle. Tu es un bon chien, mais je n'ai pas envie de jouer.

Et maman restait assise sur son coussin.

Le Maître était parti. Cette fois, je sentais qu'il ne reviendrait plus. Tout le monde, à la niche, le sentait. Et cela était vraiment triste à voir.

Qu'était-il arrivé à mon Maître bien-aimé? Je n'aurais su le dire avec certitude, même si j'avais ma petite idée là-dessus.

— Il s'est produit un accident au laboratoire, nous a expliqué maman après avoir rassemblé sa meute autour d'elle, sur le gros coussin. Julien est entré en contact par hasard avec une… une matière dangereuse…

— Ah! la matière noire de l'Univers! Je le savais!

Finalement, le Maître avait réussi à m'apprendre quelque chose.

— Et il a disparu, a poursuivi maman en retombant sur le coussin.

— C'est faux! a crié subitement Jonas en sautant sur ses pieds. Papa est reparti pour Jupi!

Et Jonas s'est réfugié dans son coin en claquant la porte derrière lui.

— Je t'aime, maman, a dit Jonathan en se collant contre elle.

Moi, ce que je comprenais de toute cette histoire me rendait le coeur bien gros. Mon Maître avait pris en chasse la matière manquante de l'Univers. Mais cette vilaine matière noire l'avait trouvé en premier…

Et elle l'avait mangé.

Chapitre XII

Quelques semaines après le départ du Maître, les étrangers puants sont revenus. J'étais dehors quand ils sont arrivés avec un camion. Je les ai reconnus tout de suite, et je ne me suis pas gêné pour leur dire ma façon de penser:

— Allez-vous-en, allez-vous-en! Le Maître n'est pas là, et si vous approchez, je vous mords. Allez-vous-en, bande d'étrangers puants!

Finalement, maman a dû me tenir en laisse. J'étais bien déterminé à les éloigner, ceux-là. Mais j'ai obéi à maman parce que je suis un bon chien.

Jonas a également voulu les arrêter lorsque les étrangers se sont mis à voler des choses sur le territoire de chasse du

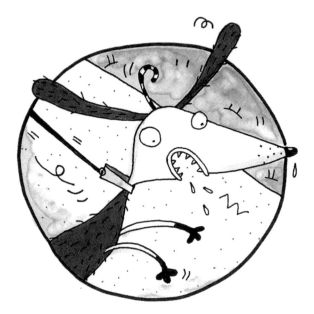

Maître, mais maman l'en a empêché. Je ne sais pas pourquoi elle leur a permis de piller toutes les affaires du Maître. Quand ils sont repartis avec leur camion, il ne restait plus rien, sinon une étrange odeur au sous-sol.

Jonas est allé se réfugier dans son coin. Je le sentais malheureux. Je l'ai suivi pour qu'il me caresse, parce que moi aussi j'étais malheureux comme les pierres.

— Papa n'est pas mort, Jog, m'a-t-il expliqué. C'est une excuse parce qu'ils ne peuvent pas dire la vérité. Papa est reparti sur Jupi, je le sais. Il va revenir un jour, quand il aura trouvé ce qu'il cherche. Papa, c'est un chercheur, et il donne plein de conférences à l'étranger. Peut-être qu'il est allé sur Jupi pour une conférence, tu sais…

À l'étranger? Si, à l'étranger, on ne trouve que des étrangers qui puent, le Maître aurait dû rester avec sa meute. Je voulais expliquer cela à Jonas, mais je ne

savais pas comment l'exprimer. Alors je me suis abandonné à ses caresses, et je lui ai redit combien je l'aimais, et que je ne le quitterais jamais.

Chapitre XIII

Un jour, tante Alice est venue nous visiter et elle n'est plus repartie.

J'étais bien content parce que j'aimais beaucoup tante Alice. Elle me donnait souvent des bouchées en cachette, sous la table.

Après le départ du Maître, c'est tante Alice qui m'a emmené à la chasse pour la première fois. J'en étais fou de joie.

Cependant, tante Alice ne connaissait rien aux bons territoires de chasse et nous allions toujours au même endroit. Qu'importe, c'était très bien.

Il y avait de petits gibiers, là-bas, et je m'amusais à les effrayer plus qu'à les chasser réellement. Je traquais, je chassais et, d'un coup de patte, j'écrasais mon

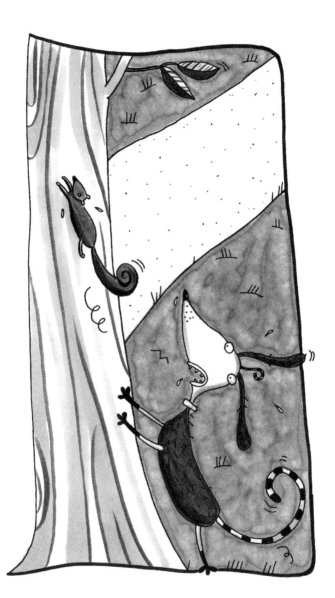

ennemi par terre pour l'immobiliser. Puis je le regardais dans les yeux:

— Je te laisse la vie sauve, misérable gibier, mais va avertir tes semblables que ce territoire de chasse m'appartient.

D'habitude, le gibier ne se le faisait pas dire deux fois. Il couinait et filait ventre à terre dans les buissons dès que je levais la patte. Je riais de lui.

— Viens, Jog, a crié tante Alice. Rentrons.

Tante Alice sentait aussi bon que maman. J'étais choyé de vivre dans une meute qui sentait si bon. Aussi, j'essayais de ne pas exagérer en les léchant trop souvent.

— Gentil chien, Jog, a dit tante Alice en remettant ma laisse. Il faut que tu t'occupes bien des garçons, maintenant. Il faut que tu les protèges.

Tante Alice pouvait dormir sur ses deux oreilles. Il n'y avait pas une seule matière noire au monde qui approcherait les garçons sans tout d'abord goûter à mes crocs.

Et pour ce qui était de l'Univers, qu'il se pointe avec ou sans ses trous, et ce sera gare à ses fesses!

Chapitre XIV

Un jour, Jonathan est parti très longtemps, assez longtemps pour que je m'inquiète. Déjà que je m'inquiétais quand un
membre de la meute partait cinq minutes
sans ma protection…

Des mois et des années ont passé avant
que Jonathan revienne. J'avais pris l'habitude de dormir sur son coussin la nuit,
au cas où il reviendrait durant mon som-
meil. Et puis j'avais interrogé maman,
alors qu'elle volait des choses dans le coin
de Jonathan pour les mettre dans une
grande boîte.

— Reste tranquille, Jog, et cesse de
japper, m'avait-elle répondu. Jonathan va
avoir besoin de ses vêtements d'hiver.

Tout ça ne me disait rien de bon…

Un jour, Jonathan est revenu. Je pensais que j'allais en mourir de joie. J'ai été le premier de la meute à lui souhaiter la bienvenue. À lui sauter dessus. À lui lécher les mains et le visage. À me coller contre ses jambes. À le regarder amoureusement en le questionnant:

— Où étais-tu donc? Où étais-tu donc? J'avais peur que tu ne reviennes pas, comme le Maître. Où étais-tu donc, Jonathan?

— Bon chien, Jog. Moi aussi, je me suis ennuyé de toi. Demain, c'est promis, on ira à la chasse.

J'avais de la compétition féroce de la part de Jonas qui n'a pas tardé, lui non plus, à sauter sur Jonathan en criant. On s'est tous retrouvés par terre et j'ai pu les lécher un peu pendant que Jonathan taquinait Jonas.

Bien sûr, nous sommes allés à la chasse. Bien sûr, nous avons joué à la bataille, les garçons et moi, mais je faisais attention pour ne pas trop défendre Jonas, comme quand il était plus petit.

Maman et tante Alice ont cuit du gibier qui embaumait notre niche. J'ai eu droit à ma ration aux pieds des enfants qui rivalisaient d'envois de bouchées sous la table.

Tout le monde était heureux. Et moi, je ne lâchais plus Jonathan d'une semelle, même quand il dormait dans son coin.

Je n'ai pas été assez vigilant, je crois. Un jour, alors que Jonathan était revenu depuis des mois, il est reparti en emportant deux grosses boîtes d'objets volés dans son coin. Je le savais. J'avais vu maman les voler.

J'ai fait une grève de la faim pour qu'il revienne.

— Jog, es-tu malade? a questionné tante Alice en me voyant lever le nez sur mon bol.

— Je fais une grève de la faim, ai-je bougonné en me couchant dans le coin de la cuisine.

— Il est triste à cause de Jonathan, a dit Jonas.

— Pauvre Jog, a répliqué tante Alice. Il ne comprend pas que ton frère est au

collège. Jonathan est brillant, tu sais. Ses professeurs affirment qu'il a un talent exceptionnel pour les sciences pures.

— J'irai dans ce collège, moi aussi? a demandé Jonas.

— Oui, Jonas, a-t-elle répondu en lui frottant les poils du crâne. C'est l'endroit idéal pour développer les talents de petits monstres comme vous deux.

— Papa, lui, il disait qu'on est des Chnouprouts.

— Vous êtes des Chnouprouts très intelligents, en plus!

— Jonathan peut-être, a rétorqué Jonas, mais moi, je suis un Jupi-terrien.

Ma grève de la faim n'a rien donné. Pis encore, Jonas est parti à son tour. Probablement à la recherche de Jonathan. Mais pourquoi ne m'avait-il pas emmené? Je suis un si bon chasseur… À deux, nous aurions eu plus de chances de le trouver et de le ramener à la niche.

Et puis il y avait cette sinistre matière noire et son complice, l'Univers, qui traînaient dans les environs. J'avais peur que ces ennemis éternels de notre meute s'attaquent aux enfants.

Si ce devait être le cas un jour, je tra-
querais ces scélérats et je les mordrais
jusqu'à ce qu'ils ne puissent plus jamais
nuire à personne.

Certes, j'étais malheureux à m'en laisser mourir, couché entre le coin de Jonathan et celui de Jonas. Mais il restait maman et tante Alice. Je ne pouvais pas les
abandonner comme ça.

Chapitre XV

Nous vivons désormais, tante Alice, maman et moi, dans l'ancienne niche de tante Alice, celle qu'elle habitait avant d'adopter notre meute.

C'est bien, avec le grand territoire de chasse qui s'étend autour. Toutefois, je fais attention, maintenant. Je ne m'éloigne plus trop. Je reste à portée de voix, au cas où il se passerait quelque chose à la niche.

Jonathan et Jonas, que j'avais crus perdus à tout jamais, comme le Maître, viennent parfois manger du gibier. Je suis toujours fou de joie de les revoir, même si j'ai conscience que ce ne sont plus des garçons, mais de jeunes Maîtres. Ils me manquent tant.

Je passe de plus en plus de temps à dormir, et je rêve.

Je rêve de chasses grandioses, de safaris au pays des poissons…

Je cours, je cours après le gibier…

Je rêve des garçons qui se chamaillent…

… et que j'aide à la bataille…

De bouchées de nourriture humaine…

De bouts de gibier cuit que les enfants me glissent sous la table…

De leur odeur, de celle de Timmy…

Je rêve de mon Maître, aussi…

De ses caresses…

De ses grognements de colère quand j'étais un vilain chien…

— Non, Jog, au contraire. Tu es un bon chien, Jog. Tu es un très bon chien.

Mon Maître?!!!

Petit lexique canin

A

Amour: premier sentiment du chien envers sa meute.

Approche directe rapide: foncer droit sur le gibier.

B

Bêtise: oups!

Boîte qui bouge: télévision, dont le chien ne perçoit pas les images et les sons comme étant réels.

Bol: plat du chien; par extension, toutes les assiettes des humains.

C

Cabot miteux: insulte de chien.

Chasse: toute sortie en compagnie des membres de la meute; par extension, les enfants partent à la chasse quand ils vont à l'école le matin.

Ciseaux: armes illégales des crabes.

Coin: endroit privilégié dans la niche par chaque membre de la meute.

Contrat: devoir de chien.

Coussin: panier pour chien; par extension, les fauteuils et les canapés du salon, ainsi que les lits.

Crabe: gibier de potence vivant dans la mer.

E

Écureuil: gibier de potence qui s'attaque à la niche et à son territoire.

Étranger: menace extérieure envahissant la niche de la meute.

F

Faire la vaisselle: lécher les assiettes.

Feinte latérale: détourner le gibier du sens dont provient l'attaque.

Feu de mur: feu de foyer.

Flèches: armes illégales et redoutables des porcs-épics.

Forêt: cachette du gibier.

G

Garder: surveiller et protéger la meute et sa niche.

Gibier: tout objet de la chasse.

Gibier cuit: nourriture humaine et récompense du chien pour une bonne action.

Grogner: avertir l'ennemi qu'on n'a pas l'intention de se laisser faire.

J

Japper: prévenir la meute d'un danger potentiel ou véritable.

Jour: un jour de chien se multiplie par sept pour égaler un jour d'humain.

L

Loyauté: défendre la meute jusqu'au bout, jusqu'à la mort s'il le faut.

M

Maître: gros chien qui domine la meute.

Maman: celle qui soigne et qui nourrit.

Manger: absorber le résultat de la chasse au gibier, ou être récompensé pour une bonne action, ou s'en tenir à la routine établie par maman.

Meute: groupe d'appartenance du chien; par extension, la famille Ferenczi est la meute de Jog.

Mise à mort: briser les vertèbres du cou du gibier avec les dents, ce qui évite toute souffrance à l'ennemi et termine la chasse proprement puisqu'il n'y a pas de sang.

Montrer les crocs: être prêt au combat.

Mordre: se défendre et défendre la meute.

Mouche: envahisseur de l'espace aérien de la niche.

N

Niche: maison qui abrite la meute Ferenczi.

P

Poils du crâne: cheveux des humains.

Poisson: gibier, cousin du crabe, qui se cache dans la mer.

Porc-épic: ennemi déloyal.

Punition: réprimande que le chien mérite, même quand il ne sait plus pourquoi.

S
Safari: longue partie de chasse à l'extérieur des territoires voisinant la niche.
Sentir: savoir.

T
Territoire: environnement immédiat de la niche.

V
Vétérinaire: bourreau des chiens, communément appelé «le maître des Méchants».
Vilain chien: la conscience du chien.

U
Univers: gros gibier chassé par le Maître de la meute.